竹, 경전이 되기까지

지혜사랑 238

竹, 경전이 되기까지

강우현

지혜

시인의 말

어두운 눈으로
더듬거리는 손끝으로
세상 모든 말을 만질 수는 없는 일

어쩌다 한 마디 또 한 마디
죽순 올라오는 소리 듣는 듯
말씀을 받아 적습니다

거기,
거기까지
가고 싶어서

2021년 봄
화성에서 강우현

차례

1부

2부

3부

4부

• 일러두기
 한 연이 첫 번째 행에서 시작될 때는 > 로 표시합니다.

1부

그녀와의 내통

다이소 계산대 앞, 누군가 몸을 감추고 ㅁ을 요구한다
하나를 내주면 다음, 또 하나를 내주면 다음, 절도 있는
동작처럼
감정 없는 얼굴처럼 높낮이 없는 목소리다

또박또박 친절하게 명령하는 그녀는
종일 붉은 눈을 치켜뜨고 ㅁ을 집중해서 읽는다
개인 정보가 담긴 색의 창고에서 필요한 것만 쏙 뽑아 읽
어야 하는
제한된 허락에 해킹은 꿈꾸지 못한다

필요가 차면 깎아주는 것이 이익이라는 걸 참조할 뿐
아슬아슬 됫박에 넘치는 쌀 알갱이만큼 적립해주겠다고
인심 쓰듯 편 먹은 증거를 요구한다

아무리 싸도 다음엔 여기서 안 살 거야

눈치 빠른 그녀는 머뭇댐 없이 "카드를 끝까지 밀어 넣어
주십시오."
정색하고 업무에 복귀한 뒤 거슬리는 단어를 휴지통으로
옮긴다

>

코로나로 시작한 그녀와의 내통이 익숙해지면
빨간 티에 검정 바지를 입은 그녀들의 자리는 어디쯤일까
계산은 진화를 꿈꾸고 바람의 속도를 따라잡고 싶다

봄의 급훈

언제 꺾인 것일까
길 쪽으로 뻗은 목련 가지
껍질인 듯 옹이인 듯 거칠게 아문 자리
괜찮다고 편안하다
산 것들에게 시간은 약이다
붓고 쑤셔서 숨쉬기도 힘들었을
고통이 키운 성숙이 서른의 여인 같다
봄볕 통통히 물오른 날
초등학교 선생님이 급훈을 건다
하얀 액자 속에 든 글귀마다
불꽃 같은 가르침이 들어 있다
꿈은 하늘처럼, 마음은 해처럼, 생각은 별처럼*
비바람 불어도 활짝 피라는 말
저 환한 글자를 보면
가갸거겨 따라 하던 교실로 갈 것만 같다
나이 없이 가슴이 뛴다

* 목포 미항 초등학교 1학년 1반 급훈.

도마의 일기

도마는 저를 거쳐 간 이름을 기억한다
초록 물이 두 숟가락쯤 빠지던 시금치
끌어안고 죽은 바다가 등에서 출렁거리던 자반
냉장실에서 시간을 과식한 양지머리
경쾌한 도마의 언어로 탁, 탁, 슥슥
칼의 후기는 늘어짐이 없다
시간을 가리지 않고 강약을 조절하며
가는 직선과 사선을 고집한다
맛의 시작을 풀어 쓰기 위해
가위나 국자는 사양한다
아무나 아무거나가 아닌
꼭 있어야 하는
꼭, 의 사이다
추운 아침, 대파가 맵다고 쓴다
저녁의 문장을 기대하듯
종일 서성이며 분주하다
준비된 재료가 떨어지고 저녁의 빗장이 걸린다
도마의 심장 쪽으로 몰려든 문장마다
나비잠의 잠꼬대가 환해진다
동태찌개 부추전 돼지불고기 쑥갓무침
내일의 메뉴판이 비상구 불빛에 얌전히 들키는 시간
미리 눈치챈 도마가
탁탁 칼의 꿈을 꾼다

1+1을 사랑한 게

꽃게가 탈피를 한다
수게가 등 쪽에서 껴안고 있다
며칠을 기다렸을까
무방비 상태에서 목숨을 깁는 시간

누군가 배가 고프면 큰일이다
몸에서 몸이 얼른 빠져나와야 한다

지은 죄도 없으면서 두리번거리다
은밀한 사랑에 기대 옷을 벗는 의식

걱정하지 말라는 듯
저 넉넉한 품은 누가 가르쳤을까

목숨을 걸고 지키던 각오를 향해
말랑한 몸을 드러낸 암게의 고백에 물이 오른다

우주의 한 부분이 드러낸
황홀의 앞면을 보며
모래땅에도 노래가 둥지를 틀 수 있다고
생각한다

\>

여차하면 등껍질로 막아낼 것 같은
미쁜 웅크림에
조심조심 출렁거리는 바다
사람의 문장보다 가슴이 뛰는 페이지다

꽃눈이 자라는 골목

봄이 불러도 목련은 대답하지 않았다
녹슨 방범창에 어둠이 하룻밤 묵을 채비를 하고
계단 밑 누렁이가 제집 밖으로 빈 그릇을 내놓았다

서둘러 불혹만큼의 꽃 이불을 펼치던 나무가
이파리 몇 장, 그늘을 부리고 있었다
꽃나무도 주인을 닮아가는 것일까

주식에 투자하던 사내는 물려받은 재산을 날린 뒤
빌라를 월세로 돌려 현관을 나갔다

출입구를 막아선다는 이유로
하루아침에 몸통이 잘린 목련은
가늠할 수 없는 시간을 정수리까지 덮고 잠이 들었다

아침이 삭제되고 밤의 문장이 이어지며
누렁이가 영역표시를 할 뿐
밑동에 봄의 발자국만 파릇이 계절의 시침을 돌렸다

바람이 오고 가고
그렇게 몇 년,

\>

유난히 눈이 많던 겨울
안간힘으로 무릎을 세운 나뭇가지에서 꽃눈이 자랐다
눈시울 붉어진 봄
꽃 댓 송이를 참새 떼가 물어 나르고 있었다

소파 노파 파파

빌딩 앞에 소파가 버려져 있다
사무실 가장 근사한 자리에 앉았던 가죽옷은
시간이 할퀸 자리마다 해졌다

서류를 짓누르는 한숨이 잠깐 쉬던 자리에
너털웃음이 마지막 엉덩이를 붙이고 떠났다

정년이 지난 직원의 자리는 문밖
업무가 없다는 단호한 스티커만
눈을 동그랗게 뜨고 행인들을 저지한다

오직 예스맨이던 얼굴에서 입을 지우고 귀를 닫고
진리를 깨우친 듯한 품이 기다림을 놓아준다

밥이 되고 집이 되고 내일이 되던
결재는 몇 살이나 되었을까

누군가 앉았다 일어서면 내일이 환해지고
누군가는 손에 땀을 쥐기도 하던 저 노파

지팡이를 짚고 가던 할머니가 엉거주춤 앉자
기운이 달리는 품으로 습관인 듯 사랑인 듯 오래 받아 안

는다

횡단보도 너머로 구청 트럭이 보일 때
엄마 얼굴 모르는 조카를 장가보내고 가야 한다시던
팔순 넘은 아버지가 뛰어왔다

꽃들의 중독

밤에도 제 얼굴보다 큰 어둠을 쓰는
선글라스 종족
신상을 오픈할 때까지 들키면 안 된다

강남으로 몰려가 부모가 물려준 내용물을 바꿀 때
잠깐의 부종과 통증은 내일을 위한 필수
선글라스를 끼는 순간 당당해진다

레드벨벳을 꿈꿀 수 있고
거리를 활보할 수 있다

길마다 성형외과 간판이 줄을 서고
아침 뉴스 하단 자막에는
메스를 빌린 기사가 발 빠르게 도망쳤다
그들은 선글라스를 쓰기 위해 휴가에 연가까지 낸 뒤
적금통장을 깨 들고 엘리베이터를 탄다
지난겨울엔 다른 엘리베이터를 탄 적이 있다

강남을 한 바퀴 돌아 나온 꽃들은
시들지 않는 앱을 깔고 업그레이드 될 때까지
향기 없이 같은 모습을 고수한다
강남표 꽃다발이다

꽃패

나무들도 화투를 치나 봐
때를 기다렸다가 감췄던 패를 던지잖아
어느 겨울밤,
사랑에서 와자하게 패 던지는 소리
잠결에 뒤척이며 들은 거야
잠이 도망가면서 기억 어디쯤 메모를 한 거지
뚝심 좋은 동백이 자신 있게 1월을 던지자
쌀쌀맞은 매화가 2월을 던지잖아
피 한 장 걸어올 것 없는데
동시에 영춘화가 같은 패를 던지고
산수유가 3월을 던지니까
낙장불입인 줄 알면서 목련이 4월을 던졌어
그리고 이팝나무 가지를 툭 치자
5월을 던지며 봄이라고 우기는 거야
경로당에 둘러앉은 노인들처럼
소리를 내고 싶은 거지
소리만 크면 이기는 줄 아는지
던지는 패마다 알록달록 꽃판이니
그 길에 드는 사람은 꽃물이 들지
봄이라고 슬쩍 패 하나 던져
광 하나 물면 좋겠지만 어쩌겠어
다들 던진 패대로
울고 웃고 굽이 닳도록 뛰는 거지

모네의 비둘기

학교 앞 벚나무 가지에
모네가 걸려 있다

초리를 흔드는 비둘기 한 쌍
암컷이 고개를 숙여 옷깃을 매만지자
수컷의 둥근 눈이 반짝인다

갑자기 목덜미가 간지럽다
그날 당신은 구름 위를 걸었다
벚꽃이 한창이었으므로
근육질의 두 팔에 힘이 들어갔다

바람은 제 일이어서 풍경을 바꿔 달고
다음 작품으로 가려 해도 깍지가 풀리지 않는다
언제쯤 걸음을 옮길 수 있을까

바이러스처럼 퍼지던 어둠이 잠들고
빈 가지를 바라보던 계단이
학교 안쪽으로 늙은 계단을 데리고 간다

비둘기 한 쌍으로 완성된 아침
고양이 발자국 같은 붓칠이 날아간다

>
손 내밀면 물들 것 같은
후루루 번지는 터치,
무슨 기법으로 읽어야 할까

메쉬펜스의 방식

작업화를 신은 인부들이 담장을 만든다
돌담도 아니고 앵두울도 싸리울도 아닌
시멘트 받침에 앵커볼트로 박는 울타리다
혼자서는 향기 한 접시도 정 한쪽도 나누지 못하는
오직 네 것 내 것을 확실히 금 긋는 작업이다

아이들이 놀이터에서
네 아파트 내 아파트
평수대로 나뉘고 있다
콩만한 가슴팍에 쇠 박는 소리
모른 척
또 앵커볼트 하나 미래를 고정한다

나무 그늘과 바꾼 주차장을 따라
몸을 늘이는 담장
햇살도 앉을 곳이 없어 그냥 가고
비바람도 뒹굴 곳이 없어 서둘러 간다

둘러봐도 공깃돌 하나가 없다
공기놀이는 어디서 하나
어디에 돌을 세우고 비석놀이를 하나
유튜브와 노는 놀이는

가슴에 바람이 집을 짓는 메쉬펜스의 방식

감추고 싶은 어른을 어린 어른들이 몰래 베끼는
키 크는 속도보다 더 빨리 추월하는 저 방식
띄엄띄엄 심어진 덩굴장미가 제동을 건다
어디로 오를지 가늠하는 눈매가 파랗다

몰래몰래

소설 지나 철쭉 한 송이 피었다
저 철부지
단풍 든 이파리 사이 짧은 치마에 다리 흔들며
몰래몰래

오후 3시, 중학생들이 몰려나오고
철쭉 앞에서 틴을 바른 여학생이
얼굴을 톡톡 두드리고 금붕어 눈을 하더니
분첩을 닫고 갔다
팬티가 보일까 봐 나만 조마조마한 차림으로

저 걸음이 감춘
너하고 나만 아는 비밀
몰래 없는 사춘기는 안경을 쓰고 찾아도 안 보이는
눈부신 한때
나도 몰래몰래 어른이 되었다

세상은 몰래 때문에 밥을 먹고
종족이 보존되고 역사가 만들어진다

좋지 않은 소식만 쏟아져도
오늘이 멀쩡한 건

철쭉 피듯 몰래에 목숨 건 이들 때문
그들의 가슴이 마구 뛰었기 때문

그리움의 무게

소나무가 솔방울을 촘촘하게 달았다

소담스러운 풍경화 한 폭으로 걸리던
놀이터 화단의 나무
창 너머로 눈을 마주치지만
링거를 꽂은 채 붉은 솔잎을 떨군다

어딘가 아픈 이마를
바람이 짚어보는
여름이 기웃거리다 가는 찰나

저런 순간처럼
나를 스쳐 간 점 하나가
말없이 가슴을 툭 칠 때가 있다
그럴 때면 밥으로 눌러놓은 붉은 문장이
절절히 풀어지기도 한다

억지로 잊히지 않는 것의 눈물 나는 사모

여름 나무에서 흔적 없이 사라지는 매미의 호명을
간절의 무게라 하면
사라지는 나무를 지켜본 그리움의 무게는
얼마나 될까

로만칼라

왜 가슴이 아플까

벚꽃이 지는 틈으로 잠시,
세상을 만져보는 눈빛이
느릿느릿 닿은 거기

보낸 것들
보낸 이들
씻고 씻었지만
한편으로 꽃물이 얼룩진 자리
까마득히 살아오는 얼굴

기도가 아픈 날
뒤꿈치를 든 소리로 부르는 이름
꽃잎이 어루만지는 빈집이 놀라지 않게
잠시 눈 맞춘 걸음이 돌아서기 쉽게

지는 꽃잎이
곳집 바람에 업혀 오는 호곡 소리인 듯
환청 같기도 한
그런 계절엔

칼에 대한 자세

잘 벼린 칼은
진리를 깨우친 눈빛을 가졌다

가끔 칼집에 자는 푸른빛에서
두꺼운 침묵으로 건네는 덕담에 고개 숙어질 때가 있다
음식을 만드는 사람이 재료보다 먼저
그 숨결을 두 손으로 받드는 이유다

물에 담갔던 숫돌 위에 마음을 얹어
어깨에 힘을 빼고
뒤로 밀고 당기며 날을 모셔오는 반복은
엉겅퀴가 자란 마음을 벼리는 의식이다

칼을 눕혀 왼손 검지를 칼끝 방향으로 놓고
엄지를 칼 뒤꿈치 방향으로 놓아
욕심과 미움을 갈아내면
파는 파의 소리를 무는 무의 소리를 낸다

하지만 벼려진 마음이
먼지 묻은 마음마저 갈아내도
북새통에 중심을 놓치는 순간
길은 놓치고 만다

\>

맛의 완성을 위해서는
등줄기에 땀을 흘리며
날과 한몸이 되어야 한다

칼에는 장인의 눈과 귀가 달려 있다

딱!

저녁에 동태찌개를 먹었다
종일 애들과 씨름하던 엄마가 차린 밥상

한 입 먹고는
다음엔 무 먼저 끓이다가 익으면 동태를 넣으라고
잔돌 하나를 무심코 던졌다

엄마 자존심 정 중앙에서 조용히 딱 소리가 났다

"요리사님이나 그렇게 끓여 드세요.
난 이게 좋으니다!"

꽃받침에 쌓였던 철쭉이 빵 터졌지만
고양이 담 타 넘듯 지고 말았다
그날 밤
봉투에 사임당 넉 장을 넣었다

이팝나무 식당

꽃길이 열리자 바람은 색깔이 바뀌고
거칠던 행동이 누그러졌다
봄과 내통하던 벌떼는
낮에도 홍등을 켜놓는 철쭉이 한물가자
다른 맛집을 찾아 나섰다
햇살을 지펴 나무에 지은 이밥이 뜸들 때쯤
눈에 띈 식당
하나 둘 찾던 발길이 입소문을 내고 손님이 몰렸다
앉을 틈 없이 붕붕 대는 숟가락질에
지나가는 사람들이 눈길을 빼앗겼다
마음 고픈 사람들이 들러 가면 속이 든든해지고
해 설핏한 유년의 골목에서 엄마가 부르는 소리 들리는
식당
한 홉의 향기를 눈 감은 채 삼키고 지나가자
고봉밥을 푸던 주인이 거무레한 손을 흔든다
여름으로 가는 길목에 이팝나무 식당이 있다

생각이 혼자

여름 쪽으로 목련이 지고 있었다
걸음이 빨라질수록 잎새 바람은 종아리가 굵어지고
동박새는 뾰족한 부리까지 날개를 달았다

장의차가 지나가는 사거리에서 뒤를 돌아보았다
훑는다고 훑어낸 울음 가시 하나가 명치에 박혀 있었다

빨간 쓰레받기에 담배꽁초를 쓸어 담던 경비 아저씨가
유행가 한 자락을 풀어냈다
"사랑, 그 사아랑이 정말 좋았네,
이별, 그 이벼얼이 오는 줄도 모르고."

옆 자리가 비워진 뒤 외우는 바람의 공식
볼 수도 만질 수도 없는 셈법 앞에서
몇 번을 틀린 뒤에야 답이 나왔다

화단을 지나다 말고
생각이 혼자 목련 아래서 사진을 찍었다
가끔씩 다투기도 하던 그 봄이 화사했다

물탑

그녀는 출렁거리는 유방을 가졌네
아이들이 젖을 물며 살이 오르는

보기만 해도 가슴이 뛰는 소금쟁이가
숨소리 감추며 물탑을 쌓네

물로 괸 넓은 기단을 놓고 어린 것들의 안녕을 얹고
그 위로 작은 기단을 놓는 둥그런 기도의 탑
바람도 햇볕도 합장을 하네

밤이면 높이 걸어둔 등불 아래
천사들의 꿈으로 드는 별들의 자장가

우묵한 잠을 다독다독 재우는 집에
물젖을 먹는
붕어 우렁이 물방개 미꾸라지가 사네
생이가래 개구리밥 물맴이가 둥둥 물잠자리를 날리네

밤마다 넉넉히 먹이고 남은 젖이 불면
옆집에서도 살이 오르는 웅 덩 이

2부

소 울음 값

청라 정육점 천장에 소 울음이 걸려 있다
풀을 먹고 살던 몸 반쪽이 하차한 종착역

주인의 발소리는 바람을 쌓아 바리케이드를 치고
부르고 싶은 이름을 눈물로 지우게 했다

마음만 천리만리 달아나다가
두려움 섞인 오줌이 질질 끌려갔다
살려주세요, 음 살려주세요, 메
차창 밖으로 울음을 흔들었지만
잡풀만 입술이 파랗게 질려 있었다

젖은 눈망울 속으로 어제가 다녀가고
길이 지워지자
마중 나온 엄마는 고요를 품에 안고
달의 뒤편으로 날아갔다

기분 좋은 바람이 휘파람을 불면
등에서 만개하던 하얀 밥풀꽃

발골사가 손에 힘을 빼고 꽃잎을 만지자
벽에 걸린 시침의 눈동자가 충혈되었을 뿐

바람의 시간을 통과한 목숨은 세상 거스를 줄 모르고

소 울음 값을 지불한 영수증이
갈고리에 걸려 있다

당신 한 삽

백중 지나 감나무의 매미를 듣는다

온몸을 살라 보내는
입술 부르튼 소리

소리에 젖어
녹슨 부삽으로 그리움의 불씨를 떠 온다

한결같이 뜨겁던
당신 한 삽

꿈결에 손을 놓쳐
축 처진
내 시간의 어깨를 치료한다

들깨밭

들깨가 줄을 서 있다
거리를 두고
사열하듯 각이 반듯한 자세로
지금이 적기라고
허공을 치고 올라갈 태세다
더위가 기승을 부리자
하루가 다르게 세를 늘린다
거칠 것 없다는 듯
성큼성큼 진군하는 대대
빛과 물과 바람의 방향을 오독할까
새파랗게 군장을 멘다
바짝 든 군인정신은 누가 이끈 것일까
할머니 한 분
절룩거리며 아침 들깨밭을 점호하러 오신다
하얀 꽃을 꽂은 채
일제히 충성!
깨밭 군사들의 구호가 향기롭다

꽃무늬 양산을 접고

파라솔이 접힌 자리에서 여자도 접혔어요

남자의 눈 속에 주황나리가 들던 날
찬바람 부는 소리 들었어요
편 가를 때가 된 줄 알았지만
길마다 침묵을 던져놓은 여자가 승리했어요

줄줄이 호박이 달린 덩굴은
이파리가 시들다 살아나기를 반복하며
애호박을 키웠어요

그늘에서 피어난 꽃은 금방 시들게 마련
버들치가 1급수에서만 살 수 있다는 걸
주황나리가 몰랐던 거죠

넓은 잎맥이 성성하던 시간이 가고
줄기가 다 마른 날
여자는 파라솔을 샀어요
장미가 가득 피고 망사가 덮인 양산

엉덩이를 흔들며 걷고 싶던 마음도 사라지고
무거운 가방도 싫어진 날

꽃무늬 양산을 접은 여자는 다음 여행지로 떠났어요
떠나기 전 찬 얼굴에 로션을 꼼꼼히 발랐죠
예쁘면 누군가 휘파람을 불 테니까요

여자는 언제나 같은 자리에 있는 줄 알았어요
꽃이 진다는 걸 깜빡했어요

봉선사 가고 싶다

고인 물 밑에 마음 둔 보살을 만나듯
밥 먹는 이야기
잠자는 이야기
감자 파는 할머니 좌판으로
출렁출렁 눈 속에 홍련이 피기 시작한다
소금쟁이가 파문에 젖고
환한 연등을 달면
짐승의 눈에도 새벽이슬 맺힌 길을 열고
한때, 타인의 짐을 지고 가던 사람
말 못할 사연에 모난 돌이 날아와 쌓은 탑을
향기의 독경으로 부수는 소리 듣고 싶다
바람으로 귀를 씻어 둥근 연잎에 앉히고
잉걸불같이 타는 사리 한 송이
낮게 엎드려
뚜욱, 꺾어 오고 싶다

비를 해독하다

똑,
똑,
똑,
하늘의 문자가 찍힌다
누구에겐 웃음이나
누구에겐 기다림, 눈물로 읽히는 내용들
손을 내밀어 닳아버린 지문으로
당신이 내게 보내는 부호를 해독하고
나는 눈시울이 붉어진다

竹, 경전이 되기까지

원뿔을 올리면
설계가 끝난 것
그들의 계획이 진행되는 신호다
대물림한 유전자에
온도나 습도가 맞아떨어지고
비바람에도 끄떡없는 기초공사가 마무리된 것

눈부신 지상을 뚫는 일이
어디 만만한가
정확한 위치와 문의 크기를 표시해
스케치한 몸을 대보고
바람의 속도까지 계산한 도면대로
눈을 질끈 감고 한판 붙는 일이다

그늘이 마음 놓고 지경을 넓히는 곳이면
휑한 허공은 모두 길이 되어
하룻밤 키에도 물이 오른다
어디서 정점을 찍을지 밤새도록 별은 깜박거리고
바람을 껴입는 댓잎은 초록으로 흔들린다

뿌리를 뻗는 것들은 흙의 자식,
단단한 집을 짓고 나온 기억으로
치솟으며 마디마디 바람의 경을 필사한다

지칭개의 본능

보라색 별을 찾는 지칭개
가시광선이 너무 짧다
지상은 눈을 감았다 뜰 만큼 깎아지른 절벽
바람은 수시로 흔들고
뽑히거나 꺾이면 그대로 풍장이다
꿈을 꾸어야 살 수 있다
자료 준비가 철저한 계절 앞에서
지도를 펼치다가 접고
무작정 여름을 중심으로 수직을 오른다
본능이 땡볕의 함정을 통과하고
바람의 대열을 뚫지만
사람과의 거리가 너무 멀다
꺾인 내일이 뿌리를 볕에 누인 채
빛내림의 문장을 받아적는 시간
바뀌는 행마다
속씨를 피우자고 투명한 당구장 표시를 한다
어린 날부터 근성을 키워준 바람,
미동 없이 기다리다 그늘의 살이 단단해진 날
두 손으로 받아 안는다
할머니가 밭둑 멀리 뽑아 던지던 목숨이다

복숭아 통장

과일 나라의 화폐 단위는
원으로 환산해 개당 이천 원이다

두 팔을 걷어붙인 노동자처럼
햇볕을 향해 가지를 뻗는 나무의 일당은 세다
지문이 닳도록 움직이는 허공에서
꽃무늬 통장을 개설하고 땀 흘려 일하면
눈 깜짝할 새 액수가 불어난다
엉성한 약관이나
금리가 마이너스인 통장은
미리 폐기하느라 몸살을 앓기도 하지만
오뉴월 바람의 연고는 효과가 좋아
가지 위에서 둥싯둥싯 잔고가 늘어난다
빛의 양이 많으면 수당으로 단맛까지 지급되어
전지되지 않은 초리는 눈이 빛나고
밤이면 달을 필사하는 통장은 단단하거나 무르거나
둥그레 침샘을 자극한다
가끔 정보가 새나가 원치 않는 금액이 인출되고
잔고란에 방점이 하나씩 찍히면
액수는 줄기도 하지만
완성을 향한 고비는 언제나 있는 법
출고를 앞두고 폭염과 비바람을 건너야

모든 통장을 채울 수 있다

주문이 들어오면
만기 통장은 바로 해지된다

호박꽃

쪼그려 앉아서 보면
두레박 소리
첨벙, 나는 우물을 가진 여자
남자가 소식 없이 몇 년,
훌쩍 나갔다 와도
참새 대여섯 마리 휙 지나간
쇠비름 명아주 가득한 뜰에서
둥글둥글 애 키우며 살다가
나쁜 놈 썩을 놈 하는 법 없이
숟가락 젓가락 나란한
김이 나는 밥상 안겨줄 것 같다
꼭, 엄마 같다

불청객이 오셨다

수국을 퍼 나르던 나비가 내게로 왔다
나리까지 흔들고 다니다 내 옆구리까지 흔드는 건
꽃 냄새가 남은 걸까
내게도 마지막 기회가 있어
쿡쿡 쑤시기라도 하면 어느 구석 남은 향낭 주머니
줄기 휘도록 피어날 까만 꽃씨 한 톨 나오는 걸까
활개치는 날갯짓으로
이 작은 몸에 송이 꽃을 피워 포진한다

숨어 무딘 칼로 찌르는 듯 움찔,
등 뒤로 아프게 건네는 고백이 낯설다

입원을 거절하고 오는 길
무엇이 두려운 걸까
세상인가 세상 뒤편인가

세탁기에서 나온 빨래가 말라가고
내 몸의 젖은 자리
눌러앉은 손님은 갈 생각이 없다
약으로 등을 떠밀어도 꿈쩍 않고
풀린 눈동자의 초점이 시리다

능소화, 그 오르는 것은

당신은 너무 멀어
하늘을 잡고 올라야 하는데 잡히지가 않아
시멘트 속에서 절벽을 타고 오르는 이유에 대해
입술을 깨무는 버릇이 생겼어

산딸나무나 산수국의 봄을 꼭꼭 씹을까
외따로이 구석에서 꽃이나 덤불로 피울까

주인 없는 꽃은 손을 타기 쉬워
목을 꺾어도 아프단 소리를 못해
손으로 가린 귓속말은 몸을 부풀리며
길마다 원본과 다른 색깔을 칠하지

화려한 겉모습은
기다림이 아픈 그늘에게 입힌 옷
또 하루를 오르는 힘이야

나는 등을 좋아해
업히면 입술이 간지러워
태양을 보면 기분의 날개가 펼쳐지지만
혼자 웃는 웃음은 구멍이 많아 눈물 냄새가 나

>
눈을 감으면 당신이 걸어오지
안에서 침묵이 깨지는 순간 불꽃의 뇌관을 건드리며
꽃이 타기 시작하는 거야
꽃불을 흔들고, 그제야
기억이 무뎌질 때까지 절벽을 비추자고 나는,
바닥으로 방향을 틀 수 있어

부레옥잠

오래전 뭍에 전입신고를 한 저, 부레옥잠
좁은 공간에서 가계를 늘리며 보란듯이 산다
지느러미는 퇴화하고 모양이 변했지만
부레 주머니 하나만 꽉 움켜쥐고 있다
황소고집 덕분에
짤막한 키로 자손을 열둘이나 둔 외조부처럼
물이 반쯤 찬 돌확에서 식구를 늘려간다
가르칠 것 먹일 것 상관없이
물 농사가 최고라고 해만 뜨면 푸른 꿈이 부푼다
다리를 절던 둘째 외조모도
아들이 궁한 외가의 안방을 꿰차고
한 번은 꽃으로 피겠다며
돌확의 반 넘는 자리를 차지했다
그 꽃들
길가 외진 곳이나 인사동 볕 좋은 곳에서
지금 출렁출렁 피는 중이다
선 자리가 제 자리라고 악착같이 뿌리를 내린 것이다

궁금한 안부

손톱 깎고 발톱 깎고
매화 그늘을 지나 그녀가 갔다
올 때 문은 열어놓고 왔을까
그 나라도 밥을 먹어
찌개라도 올리고 왔으면 설설 끓어 넘쳤을 텐데
누굴 만나러 왔다가
자반 튀기고, 봄동 겉절이 무쳐
김치찌개 옆에 조곤조곤 놓고
무지개 상보로 덮어두고 갔을까
싫은 소리를 모르던 그녀
지금쯤 세상 꿈 이야기 구슬에 꿰고 있을까
서두느라 모서리마다 긁힌 붉은 상처
담담히 쓸어내리며 들여다볼까
생각만 해도 명치가 결린다던 월남전의 전사한 첫사랑은
....
내일 커피 한 잔하자고 문자를 보낸 다음 날이다

다시 매미로 회화나무에

우리 만난 적 있지요
한 번쯤 기적이 허리를 세우기도 하는 지상에서
잠깐을 영원처럼 머문 적 있지요
내가 밑이었는지 위였는지
염천의 회화나무에서는 간간이 부는 바람에
꽃이 날리고 있었지요
여기서는 딱 거기까지가 절정이고요
돌아가는 길은 직진이어서
계산할 여유가 없어요
언젠가 서로 찾아 헤매는 계절이 온다면
첫눈에 알아볼까요
잊힌 기억에 끌려
어떤 나무 밑동에 앉아 있을지
이승의 회화나무 아래
같은 모습으로 눕고 싶어서
소리를 꺾어 당신을 부르겠지요
잠으로 들어가
다시 시작하는 거기
회화나무는 또 꽃을 준비하겠지요

경포대에서

그해 여름

경포대 바위에 누웠다

물은 새파랬고 정상위 자세로 엎드린 하늘도 파랬다

모래가 뜨거워 맨발로 걷지 못했다

가끔 바람 몇 덩이 구름을 이리저리 굴리며 장난을 쳤다

바다에서 초경의 비린내가 났다

물속에서 조개껍데기가 비석놀이를 하고 있었다

우린 오래도록 같은 하늘 아래 머물자고

말은 하지 않았다

장수 커피

장수 설렁탕 커피 자판기가
'셀프입니다'에서
'100원입니다'로 바뀐 뒤

동전 하나 구멍에 넣어
배꼽 맞추면
혀에 착 감기는 맛도 100% 올라서

설렁탕 한 그릇으로 때운 점심도
뭔가 고급스럽고
장수할 것 같다는 생각,

3부

모래

그녀는 물의 애인
어느 바람에도 끄떡없는

기억을 지우려 땡볕이 달려들어도
바람이 비질을 해도
젖은 환청으로 산다

물이 있을 때만 축축해지는 몸을 가진 그녀는

웃음 블록

점심시간,
아파트 청소하시는 아주머니가
장대로 나뭇잎을 턴다
마스크 한 나를 봤는지 고개 돌려 웃는다
식사하셨냐고 물어도 웃고
모았다가 쓸면 안 되냐고 해도
키가 안 돼서 안 털어진다고
어디에 꿰맞춰도 맞는 웃음 블록을 내게 끼운다
연초엔 정책이 바뀌어 토요일도 쉰다며
월급이 줄어든 엉뚱한 블록을 끼우며 웃었다
웃음을 청각과 바꾼 여자
몸뻬바지에
일부러 푼수 같은 블록을 지렛대 삼아
덜렁덜렁 세상 여울을 건넌다
딸이고 엄마고 며느리여서
순간에도 활짝 터지는 무기 하나 가지고 산다

그럴 테니까

청단풍 다섯 그루 트럭에 실려 있다
벌써 겨울잠에 든 걸까
저 피가 낭자한 목숨을 살았다고 해야 하나

굴착기가 숲을 흔들 때부터
새들의 걱정이 피어오르더니
저녁노을로 물들었다

고향 한 줌 움켜쥔 불안한 평화
새로운 고향으로 시퍼렇게 출렁이며 간다

살까, 살겠지
앓는 소리로 흙을 파 내려가며
옛 기억 되짚어 한 발씩 허공으로 디디면

다시 한번 우뚝 사는 생으로
계절마다 방 몇 칸 임대해 노래를 챙기고
그늘을 분양해 따뜻한 사람의 마을 무성하겠다

뒹구는 돌멩이도 그냥 존재하는 법은 없어
고향을 옮기는 것들 보면 팔 벌려 안아주고 싶다
잘리고 끊어지며 견딜

낙엽의 생각

굴참나무 아래 가을이 쌓인다
걸게 한판 놀았으니 돌아갈 심산이지만
추레한 몰골에 몇 바퀴 부스럭거리는 생각을 굴린다

솜털 보송할 때부터 가을에 가 닿았으니
단풍이 든다거나 옆구리가 시리다는 말은
빛깔 좋은 시절이 다 지났다는 말

한때 나무를 도와 열매를 다는 일에 일조했으나
그것은 세상의 일이어서
생의 끝자락엔 비바람을 끌어안았다
덕분에 상처는 꽃이 피고 노래가 되어
기쁨의 촉은 순간순간 날개를 펴고 접었다

그 맛에 누구나 오래 머물기를 기도하고
수천 년 기도를 받아먹는 자연은 꿀꺽 소리조차 비밀이다
'그래 알았다.' 한마디 간절했지만
슬쩍 빈집을 간보고 가는 햇살처럼 가야 한다
이곳은 돌아가는 길목일 뿐이다

오카방고 삼각주 그리고

갈증을 견디며 우기를 기다리는 강이 있다

물 빠진 습지에서
건기 너머 구름떼가 서성이면
바람이 데려다가 채우는 땅

밤이면 강을 떠난 어린 하마의 안부가
하늘로부터 반짝이며 내려오고
잠 깬 목숨들 빈 젖 물리느라
가슴이 바짝바짝 타들어간다

하늘의 생각에 끼어들지 않는
악어나 코끼리 가젤이
새벽노을 앞에 무릎을 꿇을 뿐

바람의 손에 구름 냄새가 묻어오면
그들의 아침은 물빛,
물속에서 입을 맞대고 뒹구는 우기가
어린 것들의 이름을 지을 것이다

내 건기에도
새벽이 지나는 길목에서
마지막 목을 축이고 간 하마가 있다

서리태의 꿈

마트에서 단단한 말씀 한 봉지 샀다

플라스틱 통에 붓자
꽃 이울며 자란 열매는 때글때글 여무는 것이라며
잠언이 쏟아진다

여자는 익은 음식이라던 아버지 당부처럼
검은 보자기로 싸매고
속이 차도록
장딴지에 힘주고 버티라는 말

봄이 노트에 써가던 푸른 문장과
연보랏빛 행들은 모두 한 가지
바람과 볕과 비를 정독해서 쭉정이 되지 말자는
푸른 각오였다

화살나무

그녀의 화풀이 끝이 뾰족하다
구겨진 기분이 손을 모은 직원의 가슴으로 직진한다
첫 번째 우기기 1장을 펴고
당신이 잘못 알아들었다
윗분은 실무를 모르고 담당의 말이 옳다고 읽는다
며칠 전 A직원은 업무를 미루고 월차를 썼지만
줄을 잘 선 관계로 시위가 당겨지다 말았다
일 처리 상관없이 같은 편은 미쁘고
늦게 입사한 직원들은 진급을 할 때마다
활을 쏘아대며 호봉 수를 늘렸다
교양에 대한 강의를 듣고도 조준은 흔들림이 없었다
망설임 없는 화살은 밥의 눈치를 9단으로 만들고
줄을 잘못 선 직원이 숨을 몰아쉬며 촉을 뽑을 때는
화장실에서 울음소리가 났다
못 들은 척 지나가는 건 예의
그녀의 화살은 진급을 향해 몸을 날리며
진실과 아부 사이에서 나이테를 늘렸다
상반기 인사이동이 끝나면 날아올 화살
처음부터 과녁은 자신에게 있었다

푸른 모과

누구나 책임져야 하는 얼굴이 있다
자연산이거나 농약을 쳤거나

반도건설 하청업체의 일용직 근로자
오십이 코 앞인 노총각 김 씨
유난히 머리가 커서 한 번도 데이트를 해본 적이 없다
여자들은 밑천 없이 뚱뚱한 모과를 쳐다보지 않는다

목포에는 목이 길어진 부모님이 계시고
서울에서 번듯한 직장을 다닌다는 소문은
십 년이 넘도록 고향길에서 두 팔을 벌리고 있다

즉석에서 제조되는 향기가 수두룩한 세상
반그늘에서 익은 모과를 우려내기엔 시간이 필요하다

현장 콘크리트 속에서 망치질로 다져진 남자
만나는 사람마다 소개를 부탁하지만
필리핀도 베트남도 대답이 없다

진국일수록 빨리 먹어치우는 여자들
푸른 모과는 건드리지 않는다
다음이라는 기회를 줄 뿐

붉은 화산석

각질 제거 용품을 샀다
계란처럼 깎인 화산석
애초의 지상 것과는 모양이 다르다
누가 봐도 불의 자손
새로운 세상을 꿈꾸며
지각을 뚫고 나온 그의 특징은 구멍이다
아기 구멍, 엄마 구멍, 할머니 구멍까지
한집에 둥글둥글 산다
천적은 어쩔 수 없었다는 듯
물을 피해 급하게 내달리던 불의 발자국
바람이 알을 슬었다
환경이 바뀌어도 핏줄은 티가 나는 법
시간을 껴입어 단단한 체구는
아직도 물로 씻은 얼굴이 구멍투성이다
뒤꿈치를 밀다 말고
맨틀의 주소를 묻는다
천년 만년 버틴 어둠의 붉은 침묵
내 살을 만지는 손에 힘이 들어간다

벚나무 강의

가을은 뺄셈의 계절
욕심에서 하나를 빼면 평안이고
욕심에서 둘을 빼면 기쁨,
욕심에서 셋을 빼면 감사라고
줄을 그어가며 가르치는 강사가 있다
이해를 위해 빨간 분필로
나뭇잎에 사선을 긋는 강의의 열정은 100도
맞는 셈이라는 듯
무릎관절이 나쁜 벤치와 내가 앉아 듣는다
떨어낼수록 환해지는 빈자리
들어차는 포만은 어디서 올까
마음의 단풍잎을 하나씩 떨군다
잠깐, 헝클어진 방을 정리하듯 햇살이 찰방거리자
바람도 신이 나고
커다란 블루보드를 건 강의실에 붉은 화색이 돈다
소나무와 잣나무는 모른다는 표정
목련과 쥐똥나무가 귀를 세우는 사이
은행나무가 응용문제를 풀며 노란 사선을 긋는다
밑줄 친 가지마다 노을이 흐드러진다
종소리 들릴 듯 나무의 만종이다

수세미 어미

길은 움켜쥐는 쪽으로 난다고
쉬지 않고 손을 뻗는 다산의 어미
누군가 자투리 허공을 엮어주자
여름 마당으로 그림자를 부리는 눈매가 파랗다

한 번 휘감으면 놓는 법 없이
자신을 베껴 주렁주렁 자식을 만들고
뒤 꼭지나 몸매, 피부색이나 성질까지
수세미오이라고 써 붙인다

비바람에 주저앉을 것만 같은 날도
흔들리며 크는 아이들이 있어 버틴다고
눈이 마주칠 때마다 노란 웃음이 핀다

사남매 줄줄이 생산하신 엄마
아버지 시계공장 부도났을 때부터
먹이는 거며 입히는 거며
절벽에서 해결하셨다
고단이 밥보다 배부르던 시간
크는 자식들이 있어 버티셨다

세상에 어미들은 자식과 목숨을 바꿔 살아

어떤 바람 앞에도 무릎을 꿇지 않는다
흔들리며 흔들리며
속이 찬 아이들을 길러낸다

풀벌레 기도원

해뜨는 마을과 푸르지오 사이
이면도로를 걷는 새벽은 한 점이지요
어둠의 이마가 빛나기 시작하면
돌 틈마다 자리 잡은 푸른 기도원에서 찬송 소리가 나요

그곳은 늘 문이 열려 있어 누구나 들어가 기도할 수 있어
요
새벽은 눈물을 닦아주려 숨차게 걸어왔을 거예요

아직 어두운데 풀벌레 신도들이 손을 높이 쳐들어요
말을 촘촘히 엮은 비로 구석마다 쓸어내면
푸른빛이 고무줄처럼 늘어나요
저 통성은 가지나 잎을 쳐낸 몸통 그대로여서
바닥에 떨어질 만한 것이 없어요

달이 종을 쳐요 소리가 닿는 곳마다 길이 환해져요
어느새 아침의 입속에 붉은 목젖이 보여요
그분은 어디까지 가야 만날까요
내일도 다리를 걷어 올리고 풀포기를 헤치고 나아갈 거
예요

고개가 곧던 푸르지오에서 나온 여자가

해뜨는 마을 쪽에서 나는 가난한 욕심을 기웃기웃 녹음
해요
믿기만 하면 절단기나 펜치 없이도 가는 나라
저 마음은 누가 준 선물일까요

볼 수도 만질 수도 없어 눈을 감아야 보이는 길

하루 한 번씩 들르는 풀벌레 기도원엔
풀종다리 권사 철써기 집사 여치 집사가 늘 먼저 와 있어
요

호수 위의 밥상

헤엄치는 잉어를 향해
핏발 선 청둥오리가 액셀을 밟는다
발바닥에 불이 붙은 잉어가 재빠르게 숨는다
바람이 늘어진 버들잎 뺨을 올려붙이며
호수 바깥쪽으로 밀어낸다
바퀴에 깔린 물이 게거품을 물고
호수는 간발의 차로 둥글게 웃던 입을 다문다
경기가 끝났다
휘발유 냄새가 두 팔을 늘어뜨린 채 사라진다
봄을 다 팔아버린 파장에
물 위에 차리다 만 싱싱한 밥상
물살은 숨겨준 비밀을 지키고 싶어
휘파람을 불며 느릿느릿 걷는다
입술을 핥으며 돌아서는 입맛
밥 먹는 일은
목숨을 거는 일
쫓는 자도 쫓기는 자도 이겨야 한다
바람이 불 때마다 풍경은 엎어지고
바람이 가고 나면 밥상이 다시 차려진다

마디

봄부터 겨울까지
한 마디라 하면
나무마다 흔들려 잎 내고
잎 떨군 시간까지
한 마디가 되지
나무도 줄기 뻗어가 닿은 자궁이 있어
허공에 슬어 놓은 한 마디
붉은 얼굴에
밤이면 달이 내려와 입 맞추고 가는 그런 마디
팔순 넘어 잎 다 떨군 우리엄마
쑥물 같은 여든 마디

도장

주말의 지하철
일반석에서 잠을 깬 아기가
잘 잤쩌? 잘 잤쩌!
엄마의 돌림노래에
음마 음마 추임새 넣느라 까르르 장단을 친다
머리에 간신히 쇠똥 벗겨진 어미가
몇 번 놀라고
몇 번 화나고
몇 번 속이 숯검정 되어도
세상 바다 거뜬히 건너갈 기름을 가득 채운다
웬만큼 건넌 뒤
오가다 풀빛 거울 하나 눈에 들면
매표 인주 묻혀서 꾹, 찍어보고 싶을
저, 꿈결
서로 내 목숨이라고
벽조목 도장 하나씩 새긴다

덕담

뿌리가 달라도 꽈리는 같은 색깔
꽃받침에 쌓인 동그란 열매가
푸른 줄기에서 노을처럼 익어가지

우리 사남매도
코며 입이며 엄마를 닮았지
붉게 익느라
날궂이에 돋보기에 층층이 오십 줄 넘어가지
알려주지 않아도 그 씨라고
혈압이며 부실한 관절까지 빼 박았지

익은 꽈리가 지나온 씨실과 날실을 풀면
푸른 꽈리들이 줄줄이 듣고 자라지

잘 익은 꽈리는
씨 바른 껍질에 바람을 넣었다 뺄 때 소리가 난다고
꽈드득꽈드득 꽈리를 불지
시골집 마당에 피던 흰꽃들이 단맛 쓴맛이 사는 맛이라고
꽈드득꽈드득 꽈리를 불지

꽃무릇

머리에서 가슴까지가 가장 먼 거리라지요
하지만 당신을 보고 알지요
꽃에서 잎까지
천년만년 더 걸리는 거리
보이지 않아도 보이고
만지지 않아도 만져지는 거리가
꽃을 피우고 잎을 자라게 하지요
영 영인 거리가 한자리지요
서리서리 붉게 타오르는 힘이고
푸르게 흔들리는 힘이지요

4부

어느 가장

밤 10시 28분이네

지하철 경로석에서 피곤이 먼지처럼 묻은 남자가

뚝딱 졸고 있네

밖에 봄비가 내리니 잠 속에서도 찔끔 내리겠네

파란 내일이 함박처럼 돋느라 낮부터 앓던 몸살이 수그러드는지

잠깐의 허기진 잠이 간간한 멸치국수 같네

아마도 저 어깨 흔들어 깨울 그녀는 자정이 넘어도 잠들지 않고

축축한 마당 홀로 아이들을 재우며 바비아나*를 활짝 피울 것이네

모나지 않아 다북다북 환한 나무처럼 사는 동네

아직 먼 모양

>

내가 먼저 내려야겠네

* 꽃말 : 단란한 가족.

초리가 흔들리다 멈출 동안

양파가 껍질에 싸여 은결이 들었을 때도
내게는 아무 일이 아니었다

무엇엔가 깊이 부딪쳐 생겼을 통증이 번지고 파고들며
목소리를 냈다
그것은 비바람을 걸어온 봄의 발자국

고개를 숙이고 내민 침묵이 내 것이 아닌 듯
담담히 칼로 오려낸

신이 껍질 속에 들어앉아 완벽하지 못한 작품을
죽음 너머로 가져가는 것이라고 생각했다

베란다 화분에서 동백이 피고
양파의 겨울은 띄엄띄엄 바닥에 웃는 동백을 펼쳐 놓았다
떨어진 채로 완전한 붉은빛이 당신이 빈손으로 돌아간 세
상 같아
맞는지 물었다

물음 속에서 내리는 눈이
12월을 덮고 앰뷸런스가 달리는 길을 지웠다
새 한 마리 날린 초리가 흔들리다 멈출 동안

어디선가 아이들이 늙으며 태어나고 있었다

베란다에 고만고만한 양파들이
싹이 나는지 가늠되지 않는 냄새를 풍겼다
그 정도는 내게 아무 일이 아니었다

12월

단풍나무 위,
새들이 겨울을 두툼하게 입고 있다
지난 시간이 돌아간 자리는
못 자국 투명한 바람의 문패가 걸리고
저만의 무게만큼 머무는 눈길들이
잠깐씩 그리움을 읽고 간다

주춤거리며 지나치는 노인의 그림자가 시린데
　한때 가지 휘도록 달렸던 열매는 어느 꽃자리에 부려졌
을까
　메고 가는 빈자리의 그늘이 무겁다

단풍잎 몇 장 남지 않은 가지에서
주먹 쥔 이파리들이 흔들린다
어디나 삶은 벼랑을 지나가는 일
용기는 필수 과목이 된 지 오래다

아무도 안 보는 사이 단풍잎 하나가 바람을 탄다
저 욕심 없는 것들의 가벼운 비행

이 계절이 돌아가면 언 발로 찾아올 봄은
빈손의 단풍나무 품에 다시 안길 것이다

>

꿈에서 달빛이 그린 지도 한 장을 읽는지
빙긋이 초리가 흔들린다

조화의 계절

아메리카노가 게으르게 식어가는 계절
나면서부터 영생을 믿는 꽃들이
다이소 구석에 환하게 피었다
매화 라일락 장미 거베라 소국 …

관리자는 활짝 핀 웃음을 낚싯바늘에 끼운 뒤
후미진 곳에 던져놓았다

만들어진 웃음은
떨어져도 깨지지 않는 고무대야처럼 먼지가 묻을 뿐
금이 가지 않는다
자신이 지켜야 할 계명이라는 듯
한결같은 얼굴이다

가끔 마음 없는 웃음이 싱거워서
실리콘 물방울을 올리기도 하지만
완벽히 제조된 상품은 리콜 불가 원칙이 적용된다

웃음을 층층이 쌓은 꽃들은
계절의 중앙선을 무시한 채 달리고
껑충한 해바라기가 뒤를 쫓는다

가끔 젊은 엄마들이 미끼를 물면 찌가 흔들린다

원판 변형의 법칙

누가 집도했을까
드라마의 두 여주인공 얼굴에서 메스 냄새가 난다
같은 모양의 다른 두 얼굴

인물을 사실대로 찍는 것은 용감한 일
누구나 신의 완성품이지만
욕심은 키가 커서 디지털카메라나 스마트폰을 진화시킨다

레몬주스는 얼음 위에 레몬 한 조각이 꽂혀야 하고
카페오레나 카페라테는 우유의 맨살을 보여줘야
입술이 핥는다

더 더,
군침 도는 입맛을 향해
불을 입고 소스를 걸친 퓨전 요리가 태어나듯
변형의 법칙을 적용하는 것

액수와 상관없이
삭제된 원판은 복원해도 물과 기름 같아서
가끔 고개가 끄덕여지는 주름은 다큐멘터리 속에 산다

중력은 원본이나 수정본에 원판 불변의 법칙을 고수할 뿐
이다

폐허의 경고

빌딩 사이
누군가의 불투명한 내일이 전시되어 있다
시멘트와 철근을 이용한 고층의 설치 미술
무엇을 말하고 싶었을까
눈물과 한숨을 외면한 모습
흐트러짐 없는 층층의 각까지
표현이 골똘하다
계획을 수정하고 싶진 않았을까
욕심이 평행한 계약서는 한쪽의 손해를 요구하며
방점을 찍듯 나사를 조였다
예술이 사기라는 어느 작가의 정신을 차용한 듯
아우성과 절망을 온몸으로 말하는
수술 불가능한 도시의 그늘,
허방은 어디쯤 숨어
웃음의 역할을 삭제했을까
시간은 튀어나온 골조를 더는 체크하지 않고
바람만 지름길로 세를 늘린다
유리창 너머
꿈이 몰수된 폐허의 도시
녹이 번지는 경고라는 제목의 작품이 서 있다

다시라는 도시

앞이 보이지 않는 곳
그믐보다 더 어두운 곳에
다시라는 도시가 있다
살아온 시간이 순간에 날아간
이성의 폐허 그, 끝
S라인의 몸매를 가진 도시가 있다
너 나 할 것 없이 가장이라 불리는
입이 쓴 사람들
한 발 한 발 내디디면 내일의 별이 빛나는 곳
떨리는 무릎을 세우며
이담에, 이담에
옛날 얘기를 하자고 모여드는 도시, 다시
두 주먹에 힘줄 푸른 각오가
세상과 한 판 붙으려 샅바를 고쳐매고
경기에 임하는 곳이다
가끔 시합이 힘들다고 도망치는 사람들이
지하철역에서 노숙행을 타지만
누구나 한 번은 뒤집기로 세상을 누르고
상을 거머쥐는 미쁜 도시다
돌아보면 눈물마다 보석인
정신의 바닥이 키우는 푸른 풀포기의 땅
다시!

안개 보고서

안개가 느티나무를 감싸고 있다
그늘을 지우고
어디까지 지분을 확장했는지
궁금한 사람들의 피켓이 구호를 외치고
답답한 눈들이 텔레비전을 달고 산다
느티나무는 뿌리부터 안개에 젖어
아찔한 절벽에서 몸을 불렸다
이파리가 자라 침묵의 평수도 넓어졌다
모든 것은 희뿌연 비밀,
안개의 나라에서는 누구나 안개의 편이 되었다
가끔 밖으로 밀려난 폭로가
은밀한 질주에 브레이크를 밟아
판세가 뒤집어졌다
빠른 시간에 완벽한 한 판이 곤두박질친 시점
입을 맞춘 모든 증거는 2% 부족하고
안개는 안개 뒤로 숨었다
멀리 다른 계절이 소란하다
수정을 거듭한 또 한 장
안개 보고서가 작성되고 있다

시간을 허물다

고장이 난 시계의 나사를 풀었다

구석과 구석이
빗나감 없이 맞물린 육체

거실 벽에 붙어살던 날이
둥근 원 하나를 남겼다

잘 나가던 시간을 사냥하기 위해
수없이 맴돌던 그는
빈손,

그는 그곳에서 무엇을 만났을까
수십 년 한 자리 마지막 호흡을 놓기까지

땀 흘리며 살던 숨소리 이제 들리지 않는다

가로등

삼전로 후미진 구석 깜빡깜빡 서 있다
쉰은 넘었을까
비바람에 익숙한 얼굴
속에서는 갱년기가 진행 중이다
갈아 낀 렌즈나 바꿔 신은 신발, 머리에 묶은 철끈은
빛나던 시간을 후회 없게 만든 훈장이다
먼지처럼 쌓아둔 덤덤한 방관에도
매연과 소음을 입고 사는 몸이 화끈거린다
대낮에도 눈앞에 별이 뜨고
온몸에 명자꽃 같은 통증이 피어
다 관두고 싶은 저, 여자
접촉사고는 막자고
애써 눈을 치켜뜨고 서 있는 저녁이다

쓸쓸한 수다

석촌호수에 가면
베토벤이나 요한슈트라우스가 흘러나오고
눈치를 꽃무늬 바지에 넣어둔
말 세공기술자들이 돌의자에 앉아 있다
꽃인 줄 모르던 시간이 꽁지 빠지게 가버린 지금
마음에 안 드는 며느리를 제쳐두고
아들 손자 자랑을 목걸이처럼 두른다
정교하게 다듬어 반짝일수록
목에 건 사람의 콧대가 올라가는 장식품
중국 여행에 보약에,
주는 용돈도 남아돈다는 귀 간지러운 원석을
자연산 진주나 다이아몬드보다 비싸게 포장한다
어딘가 무료급식을 위해 일어서면서도
우리 아들, 우리 아들
짭짤한 거짓을 뿌려가며 모난 곳을 깎아낸다
다른 모양으로 변형하기까지는 반짝반짝 우겨야 한다는
듯
죽기까지 목숨인 자식 나도 있다고
그냥 장단을 치며 고개만 끄덕이는 할머니도
알아주는 세공기술자다

모래의 나라

도시에 사막이 산다

100킬로 제한속도 모래바람이 불고
계절 상관없이 사람들의 웃음을 건조하게 만든다
앞으로 나아가기 위해 실눈을 뜨지만
길은 보이지 않고
대책 없이 쌓이는 모래가 계단과 옥상까지 점령한다

모래와 모래 사이
제산제를 먹고 컴퓨터를 켜는 시간
사막을 위해 십자가에 피 흘린 예수는 어두운 서랍으로
들어가고
인내는 바닥을 보인다

단비가 내려도 금방 증발하는 땅,
오아시스를 찾기까지 습한 빈틈에 가시를 기르는 건
이 도시의 생존법

낙타가 없는 사람은 날개가 돋기까지
모래 계단의 난간이라도 잡고 걸어야 한다

바람 바람 바람

환갑이 코앞인 국희 씨가 운다
엄마의 곡비처럼
여든아홉의 아버지는 교사였다
평생 여자가 둘
한쪽은 살 맞대고 살고
한쪽은 마음을 맞대고 살았다
이쪽은 비쩍 마른 엉겅퀴 농사만 짓고
저쪽은 마음이 부려져 콧소리가 살쪘다
우연히 아버지 전화기를 빌린 날
할매라고 적힌 이름이 보였다
주인은 녹음된 줄도 모르는 통화 한 통
어디야! 집. 알았어!
친구라고 친지라고 넘기기 딱 좋은 시래기 같은 말
뒷집을 넘나드는 무심한 암호였다
평생을 돌아앉아 가슴 치며 산 엄마
"그년하고 사 입은 남방이 보기 싫어 봉지에 싸놨다!"는
심정이 아파서
다 늦은 저녁 둘러봐도 방법이 없어서 운다
당당한 아버지는 하루치 약에 물까지 챙겨놓고
휘파람 실린 걸음으로 나갔다

꿈뜰

바다는 사막,
물을 덮고 잠들면
푸른 이불을 덮는 어족이
빨강 노랑 파랑 꿈을 펼치지

춤추는 산호초에 알을 낳는 황동가리
바위가 되었다가 모래 바닥이 되는 문어
떼로 몰려다니는 정어리
엄마의 젖을 더듬는 고래

색깔은 서로의 목숨이어서
비밀 하나씩 가지고
자신들의 이승을 만들지

주먹을 휘두르지 않는 그곳은
멀리서 달려오는 이마 하얀 별이 떠 있지

이불의 두께를 따라 옷을 입는 목숨이
길을 내고 집을 짓고
없는 죄까지 늘 씻으며 살아
죽음과 삶이 한통속이지

>

욕심이 새끼를 낳고 새끼가 새끼를 낳는
여기, 그 새끼들로 물들어가다가
텔레비전에서 출렁거리는 이불을 보면
등이 시커먼 범고래와 함께 덮고 싶지

밤새도록 낙원을 헤엄치다가
범고래 한 마리 배고 싶지

종이컵

석촌호수 빈 벤치
긴 한숨이 든 종이컵

목마른 사람에게는 물잔이 되고
힘든 사람에게는 술잔이 되어
가슴에 든 돌덩이 깨는 일을 돕는다

신의 성물을 담는 그릇도
아기 간식이 담기는 그릇도 좋지만
몰래 우는 사람
끄덕끄덕 친구가 되어주었을 따듯한 침묵

자신이 가장 작은 자로 쓰이기를 기도하던
성인의 마음을 닮았다

탁탁

대나무의 언어는 탁탁,
위태로운 순간에만 입을 열어 소리치지

점점 다가오는 산불에
한 발짝도 움직일 수 없는 대나무는
멀거니 바라보며 최후를 준비하지

불길에 닿는 순간 일제히
탁탁,
제 몸을 가르는
저들도 처음 듣는 소리지

일생 단 한 번 지르는
몸속 깊이 숨겨둔 말
탁탁,
마지막으로 꺼내지

참고 참았던 말을 유언처럼 남기지
탁탁,

밑불

사남매를 둔 아버지

볕, 그늘 가리지 않고 길렀지

비바람에 내몰릴 때마다

장작개비 자리 앉히듯 허리 굽혀가며

주름이 깊어지고 흰머리가 늘었지

각자의 길로 접어든 나이가

활활 타다 연기를 내면

얼른 불씨 한 삽 털어 넣고 바람 한 입 떠먹이며

자리 바꿔 앉혔지

서로 등 기대고 타서 흰 재만 남으라고

한 번씩 불씨를 다듬었지

>

늙어도 자식은 새끼여서

반쪽 된 엄지손가락이 눈에 밟히는

밑불이었지

염소를 기르는 여자

그녀가 처음부터 염소를 기른 건 아니에요
실수한 이들의 눈물을 닦아주던 때도 있었어요

먼 곳으로 발령이 날 거란 소문이 돌고부터
달팽이관에 거슬리는 사료로 염소를 길렀습니다

비 소식 없이도 책상에 구름을 띄우고
모서리 둥근 말에도 웃음을 깨뜨려
쑥덕거리는 새들이 날개를 펴고 날았어요

그런 날은 당직실에 눅눅한 핑계를 앉히고
최신형 아이폰에 결제와 간식 시간까지 섞은 먹이를 정
리했어요
마무리로 cc카메라 앞에서 눈물체의 메모를 저장한 뒤
병가를 고양이처럼 쓰다듬으며 눈치에 비타민을 먹였습
니다

쉿,
그녀가 염소를 풀어놓을지 몰라요
뿔이 많이 자란 염소에서 새끼 염소까지
마음에 보이지 않는 칸막이를 설치하지 않으면 받힐 수
가 있습니다

미소도 함부로 건드리면 안 돼요

우리의 빗장이 헐거워지고 있어요
요즘은 대화가 필요할 때 미끼를 감추고 있는지
그녀의 눈을 꼼꼼히 읽어야 한대요
대세라는군요

닳아버린 지문으로 타전하는 바람의 경

신수진 문학평론가

닳아버린 지문으로 타전하는 바람의 경

신수진 문학평론가

1. 인공의 대립항으로서 자연의 이데아

강우현에게 '자연'은 생명의 원천이자 생활의 터전이다. 전율과 영감으로 세계를 개시하는 뮤즈이자 끝내 다 알 수 없을 거대한 수수께끼다. 그의 시는 자연으로부터 수신되고 다시 자연으로 발신되어 돌아간다. 그에게 자연은 인공과 대비되는 개념으로서 완전하고 이상적인 이데아다. 자연은 생명, 환경, 생활, 생산, 순환, 재생 등의 의미를 섭렵하는 유기적이고 총체적인 것으로 정의된다. 그런데 그것은 언제나 대립항들을 설정하고 있어 인공, 죽음, 파괴, 병폐, 소모, 일방성, 폐기로 전도된다.

『竹, 경전이 되기까지』는 어머니의 자궁 같은 자연의 생명력과 순수성을 예찬하고 그 패러다임이 불모의 디스토피아로 타락해가는 것을 사막화로 비유한 문명비판 계열의 시들이라고 규정할 수 있다. 대나무를 비롯해 온갖 꽃과 나무가 전경화되는 식물적 상상력은 시집 전반에 걸쳐 가장 주요한 모티프로서 풍요와 공존의 가치를 현현한다. 식물들의 고유한 생태가 물활론적 세계관과 조응하여 인식론적 깨달음을 주는 인격체로 승화되고 동화와 지향의 대상이 되는 것이 본 시집의 작동 기제다. 한편 메마른 사막으로 나타나는 황폐한 세계 인식은 육체적 기계화로 변용되기도 한다. 육체의 고의적 변형이 횡행하는 세태를 풍자하는 시들이 있는데 이 또한 자연의 균형을 붕괴하는 인공성의 경계를 공전하는 것이다. 이러한 문제의식을 배경으로 강우현의 시가 탐구해가는 자기세계에 진입해보자.

2. 물활론적 세계관과 식물적 상상력

강우현의 시집에서 가장 눈에 띄는 것은 모든 자연물을 인간적 사유로 투영하고 해석하는 물활론적 세계관이다. 떨어지는 빗방울 한 점이나 나무의 뿌리를 껴안고 있는 흙 한 줌도 자연현상으로 거기에 존재하는 것이 아니라, 시인의 의식을 반영하고 있는 내면의 풍경인 것이다. 사물이 사람처럼 희노애락을 느끼고 상호작용 하는 것이 본 시집의 화법인데, 시인의 마음이 사물에 이입되기 위해서는 자아와 세계의 동일화 과정이 전제되어야 한다. 그것은 어린아이처럼 편견 없는 눈, 자유로운 생각을 필요로 한다. 이와 같은 유형의 시 창작 방법론이 적용되면 화자의 인식이나 감정이 투명하게 묘사되고 전달되므로 독자와 시적 발견을 공유하고 소통하기 용이하다.

똑,

똑,

똑,

하늘의 문자가 찍힌다

누구에겐 웃음이나

누구에겐 기다림, 눈물로 읽히는 내용들

손을 내밀어 닳아버린 지문으로

당신이 내게 보내는 부호를 해독하고

나는 눈시울이 붉어진다

— 「비를 해독하다」 전문

   비가 오는 일상적인 장면은 똑, 똑, 똑, '나'의 닫힌 문을 두드리는 하늘의 메시지로 화한다. 뜻밖의 방문을 받은 '나'는 "손을 내밀어 닳아버린 지문으로" 당신의 부호를 해독한다. 자아와 세계는 이토록 깊고 내밀하게 연루되어 있다. 단 몇 번의 빗방울 소리로도 '나'는 웃음, 기다림, 눈물을 경유하는 외부와 내부의 공유지대를 확보하고 "눈시울이 붉어"지는 이해와 교감을 타전한다. 그런 차원에서 이 시는 『竹, 경전이 되기까지』의 서시로 읽힌다. 서시는 시집의 문을 열고 들어갈 수 있게 해주는 열쇠이자 시집 전체를 통찰할 수 있도록 해주는 시인의 자화상이기 때문이다.

플라스틱 통에 붓자

꽃 이울며 자란 열매는 때글때글 여무는 것이라며

잠언이 쏟아진다

봄이 노트에 써가던 푸른 문장과

연보랏빛 행들은 모두 한 가지
바람과 볕과 비를 정독해서 쭉정이 되지 말자는
푸른 각오였다
　　　— 「서리태의 꿈」 부분

　이 시는 평범한 생활 속 사물을 시적인 순간으로 고양시
키는 착상 능력이 돋보인다. 예컨대 마트에서 산 "서리태"
는 "단단한 말씀 한 봉지"가 되어 화자의 삶을 지지하고 고
무한다. 손질하려고 쏟아둔 콩에서 "꽃 이울며 자란 열매"
가 "여무는 것"이라는 잠언을 듣고는 시 쓰기를 통해 생에
임하며 "쭉정이"가 되지는 않겠다는 "푸른 각오"를 하는 것
이 이 시에서 꾸는 꿈이다.
　여기에는 "바람과 볕과 비"와 같은 우주적 지각변동뿐 아
니라 그야말로 콩 한 쪽에서도 계시를 듣는 물활론적 세계
관이 충만하다. 또한 친환경적인 자연의 요소들 특히 식물
적 상상력이 충만하게 동원됨으로써 때 묻지 않은 시의 정
신을 보다 더 맑고 청량하게 구축하는데 기여한다. 무엇보
다 모든 것이 숫자로 환산되는 소유의 시대에 가난한 문학
의 길에 존재하겠다는 미련한 고집과 정직이 내포되어 있
다는 점에서 시인이 지향하는 미래를 짐작해볼 수 있게 한
다.
　약 삼천 년 전 황하강 유역의 노래를 편찬한 공자의 『시
경詩經』은 가장 오래된 중국의 시집으로서 선비들이 등용을
위해 필히 읽어야 했던 유학의 교과서다. 300여 편에 달하
는 이 고전 시문학에는 민중의 생활과 사상 뿐 아니라 지배
층의 착취와 전쟁 같은 사회적 모순이 있다. 시경은 고대 중

국의 역사·문화·철학의 결정체로서 시학 계보의 전범이
요 원형이다.

『논어論語』 '양화陽貨'편에서 공자는 말한다. "너희들은 어
찌 시를 공부하지 않느냐? 시를 배우면 뜻을 일으키고, 감
흥을 불러일으킬 수 있고, 풍속의 성쇠를 살필 수 있으며,
정사의 득실을 비판할 수 있다. 또한 가까이로는 어버이를
섬기고, 멀리는 군주를 섬기며, 새와 짐승과 초목에 관해서
도 알게 된다." 한편 시경을 '사무사思無邪'로 정의한 저 유명
한 '위정爲政'편에서는 "시경 삼백 편을 한마디로 개괄하면
생각에 사특함이 없음이다"라고 했다.

　　원뿔을 올리면
　　설계가 끝난 것,
　　그들의 계획이 진행되는 신호다
　　대물림한 유전자에
　　온도나 습도가 맞아떨어지고
　　비바람에도 끄떡없는 기초공사가 마무리된 것

　　눈부신 지상을 뚫는 일이
　　어디 만만한가
　　정확한 위치와 문의 크기를 표시해
　　스케치한 몸을 대보고
　　바람의 속도까지 계산한 도면대로
　　눈을 질끈 감고 한판 붙는 일이다

　　그늘이 마음 놓고 지경을 넓히는 곳이면

횡한 허공은 모두 길이 되어
하룻밤 키에도 물이 오른다
어디서 정점을 찍을지 밤새도록 별은 깜박거리고
바람을 껴입는 댓잎은 초록으로 흔들린다

뿌리를 뻗는 것들은 흙의 자식,
단단한 집을 짓고 나온 기억으로
치솟으며 마디마디 바람의 경을 필사한다
　　　　　　― 「竹, 경전이 되기까지」 전문

　『시경』 '위풍衛風'편에 나오는 「기욱淇奧」은 이러하다. "기
수라 저 물굽이 바라보니 푸른 대나무 무성하네. 고아한 군
자가 바로 거기 있도다. 깎고 갈아낸 듯 쪼고 다듬은 듯 장
중하고 위엄있는 모습이여. 아름다운 우리 님을 끝내 잊지
못하겠네." 대나무가 우거진 충만한 풍경을 군자의 공과 덕
으로 비유하여 칭송하는 시다. 대나무는 이렇게 고금의 문
학에서 인격화된 모델로 추앙되고 정형화되어 왔다.
　대나무를 경전으로 삼고 있는 시인은 시집에서 대나무를
비롯해 이 땅의 꽃과 나무들을 통해 물활론적 세계관과 식
물적 상상력을 부려놓는다. 다양한 종과 이름을 지닌 식물
들은 자연 그 자체이기도 하지만 세속을 비판하고 인품을
본받으며 삶을 통찰하도록 하는 대상이다. 옛 성현들이 대
나무를 특별히 사랑했던 것은 외형적 아름다움 뿐 아니라
그것의 생래적 특징에서 기인한 상징성 때문이다. 속이 빈
내부는 사리사욕을 용납하지 않는 결벽과 청렴을, 눈 속에
서도 홀로 푸른 위용은 절개와 지조를, 곧고 바른 수직 상향

의 자태는 이상과 실천을 상징하는 것으로서, 이러한 대나무의 구조와 속성은 유교의 윤리 규범에 완벽히 부합하는 기표였던 것이다.

시인은 대나무의 외연이 정신을 반영하는 설계와 구축이라고 여긴다. 그렇게 구축한 대나무의 육체는 "눈부신 지상을 뚫"기 위해 온몸으로 육박해오는 승부에 "눈을 질끈 감고" 제 모든 것을 건다. 한 그루의 대나무는 제 몸의 마디 마디를 갱신하며 기도하는 사제처럼 없는 사다리를 딛고 하늘로 오른다. 그때 "허공은 모두 길이 되"고 "어디서 정점을 찍을지 밤새도록 별은 깜박거"린다. "바람의 경을 필사"하는 대나무의 정진은 그렇게 투신을 통해 거듭난다. 광야의 전개도에서 벌어지는 싸움의 의의는 무한한 실패에도 불구하고 망설임 없이 벼랑 끝으로 다시 향하는 그 활공의 결의에 있다. 물러섬 없는 건곤일척의 정신이야말로 시의 배후이며 내적 근거임을 시집은 일관되게 증거한다.

몸과 마음과 말이 분리될 수 없듯 자연과 사람이, 물질과 정신이, 삶과 죽음이 서로 한 몸일 수밖에 없음을 시인은 역설한다. 효율성과 생산성의 테제에서 한 걸음도 비켜서지 못하는 톱니바퀴 같은 사회의 병폐를 진단하고 그 징후들을 복기하는 것이 시작의 동기라면, 근원적인 삶의 의미를 사유함으로써 죽음을 초월하고 극복하고자 하는 것이 시의 지향점이다. 시인에게 시란 관념적이고 추상적인 미학적 수사가 아니라 어디까지나 핍진한 삶에 대한 부름이고 응답인 것이다.

3. 사막화된 문명 세계와 어머니의 자궁 같은 자연

　도시에 사는 사람들은 기계적인 시간의 리듬에 맞춰 노동
과 쾌락 사이를 진자처럼 오간다. 도시인들에게 계절이라
든가 낮과 밤 또는 날씨와 온도는 컴퓨터 바탕화면처럼 이
미지로 순환되는 것일 뿐 살갗으로 느끼는 구체적인 감각
이 아니다. 사회 전체에서 극히 일부의 영역만을 학습하고
다룰 수 있도록 세팅되어 체계 속에 편입되기 때문에 통섭
적 사고나 상대적 인식은 생래적으로 불가능하다. 일련번
호가 넘버링 되어 튀어나오는 통조림처럼 획일적인 교육과
정을 거친 후 반복적인 업무를 통해 생존을 도모하는 데만
생을 소모하게 되므로 정신적이거나 정서적인 것은 무가치
하고 무의미한 것으로 치부된다.

　도시에 사막이 산다

　100킬로 제한속도 모래바람이 불고
　계절 상관없이 사람들의 웃음을 건조하게 만든다
　앞으로 나아가기 위해 실눈을 뜨지만
　길은 보이지 않고
　대책 없이 쌓이는 모래가 계단과 화장실까지 점령한다
　　―「모래의 나라」 부분

　수술 불가능한 도시의 그늘,
　허방은 어디쯤 숨어
　웃음의 역할을 삭제했을까

시간은 튀어나온 골조를 더는 체크하지 않고
바람만 지름길로 세를 늘린다
유리창 너머
꿈이 몰수된 폐허의 도시
녹이 번지는 경고라는 제목의 작품이 서 있다
— 「폐허의 경고」 부분

　첫 번째 시에는 시인의 세계인식이 '사막'으로 집약되어
나타난다. 화자가 살고 있는 '도시'는 "앞으로 나아가기 위
해 실눈을 뜨지만 길은 보이지 않고" 휘몰아치는 모래만이
죽음처럼 삶을 점령한 곳이다. 두 번째 시에서 그것은 녹이
슨 '폐허'의 도시로 전시된다. 그곳은 "눈물과 한숨을 외면"
하고 "한쪽의 손해를 요구"하는 각박하고 비정한 곳이다.
웃음과 꿈이 몰수된 폐허라는 점에서 도시는 "수술 불가능"
하며 재생불가능한 디스토피아다.

살까, 살겠지
앓는 소리로 흙은 파 내려가며
옛 기억 되짚어 한 발씩 허공으로 디디면

다시 우뚝 사는 생으로
계절마다 방 몇 칸 임대해 노래를 챙기고
그늘을 분양해 따뜻한 사람의 마을 무성하겠다

뒹구는 돌멩이도 그냥 존재하는 법은 없어
고향을 옮기는 것들 보면 팔 벌려 안아주고 싶다

잘리고 끊어지며 견딜

—「그럴 테니까」 부분

    사막에는 완전무결한 자연을 훼손하는 부정과 반동의 신호들도 감지된다. "청단풍 다섯 그루 트럭에 실려 있"는 것을 목도한 '나'는 저 목숨이 산 것도 죽은 것도 아니라고 생각한다. "굴착기가 숲을 흔들"고 "흙을 파 내려가"면 주택분양사업과 임대업이 성행하는 개발지역으로 탈바꿈될 것이다. "저 피가 낭자한 목숨을 살았다고 해야 하나"라고 읊조렸던 '나'의 탄식은 불안과 아픔으로 "살까, 살겠지"를 되뇌다가 이윽고 "팔 벌려 안아주고 싶다 잘리고 끊어지며 견딜"에 이른다. "뒹구는 돌멩이도 그냥 존재하는 법"이 없었던 "따뜻한 사람의 마을"은 단절되고 파열되면서 본래 제 모습을 잃어간다. '고향'에 대한 보호 및 보존 의식은 생명과 자연에 대한 수호로 확대된다.

다이소 계산대 앞, 누군가 몸을 감추고 ㅁ을 요구한다
하나를 내주면 다음, 또 하나를 내주면 다음, 절도 있는
동작처럼
감정 없는 얼굴처럼 높낮이 없는 목소리다

—「그녀와의 내통」 부분

    생필품이며 소품들이 층층마다 빼곡히 구비된 잡화점은 접근성과 편리성을 위해 사막 같은 도시 한가운데 자리한다. 정확하고 효율적인 방식으로의 진화에도 불구하고 사람의 일을 기계가 대체하고 있는 인위적 방법의 도입에 화

자는 거부감을 표한다. 자동화 기기 계산 시스템은 "그녀"로 치환되어 살아 움직이는 사람처럼 묘사된다. 계산대 앞에 서서 ㅁ처럼 생긴 신용카드를 요구하고, "절도 있는 동작"과 "감정 없는 얼굴" "높낮이 없는 목소리"로 결제와 적립까지 완벽한 프로세스를 수행하기 위해 열중한다. 인공지능인 그녀가 친절한 명령을 내리고 오류 없이 업무를 처리하는 단계에 이르렀지만 화자의 마음은 "빨간 티에 검정 바지를 입은 그녀들의 자리"를 기억하고 염려하는 곳에 머문다.

최대의 생산성을 위한 '기계화'를 저어하는 것은 그것이 브레이크 없는 열차처럼 사회와 인간을 잠식하기 때문이다. 끝없는 욕망을 연료로 가속화되는 기술의 발달과 그것을 추동하는 자본주의 모델은 결코 한순간도 멈추거나 회귀할 수 없기에 잉여 생산과 과잉 소비의 메커니즘을 공고히 한다. 이때 발생하는 소외와 상실·차별과 배제·착취와 지배 등의 문제는 궁극적으로 공동체의 붕괴와 파멸까지 연쇄적으로 발생시키는 나비효과로 되돌아온다.

그들은 선글라스를 쓰기 위해 휴가에 연차까지 낸 뒤
적금통장을 깨 들고 엘리베이터를 탄다
지난 겨울엔 다른 엘리베이터를 탄 적이 있다

강남을 한 바퀴 돌아 나온 꽃들은
시들지 않는 앱을 깔고 업그레이드 될 때까지
향기 없이 같은 모습을 고수한다
강남표 꽃다발이다

— 「꽃들의 중독」 부분

이 시는 여성을 꽃으로 비유해 육체적 외연에만 자아도 취하는 어리석음과 특정한 미의 기준에만 집착하는 기형적인 세태를 꼬집는다. 화무십일홍이라고 했던가. 의학기술을 남용해 육체를 학대하는 정신적 쇠락이 거기에는 있다. 육체의 왜곡과 기계화 현상 역시 문명 사막화의 일환으로 자연의 균형을 파기하는 인공성을 비판적 시각으로 보여준다.

"강남으로 몰려가 부모가 물려준 내용물을 바꿀 때"라는 구절에서 알 수 있듯 시는 강남 빌딩들마다 즐비한 성형외과와 성형수술이 성행하는 현실을 강하게 부정하고 있다. 맹목적으로 연예인을 추종하거나 유행하는 외모를 선망하며 "휴가에 연가"를 내고 "적금통장을 깨"는 것을 불사하는 성형중독자들의 행태를 일갈하는 것이다. 그것은 "향기 없이 같은 모습"일 뿐이며 "강남표 꽃다발"에 불과할 뿐 진정한 의미에서 자신에 대한 발견도 고유한 정체성 확립을 위한 노력도 아니다. "누가 집도"했는지 "메스 냄새가" 나는 유사한 얼굴들 사이로 "가끔 고개가 끄덕여지는 주름은 다큐멘터리 속에"(「원판 변형의 법칙」)나 존재할 뿐이다.

여성성은 육체적 젊음이나 성적 매력에서만 정의할 수 없으며 전인적인 통합성에서 규정되어야 한다. 그러나 여전히 우리 사회에서 여성의 존재와 가치는 내적인 것보다 외적인 것에 집중되는 경우가 많다. 도시라는 사막에서 그녀들은 쉽게 평가되는 대상으로 타자화되고 판타지를 반영하는 이미지로 소비된다.

사냄매 줄줄이 생산하신 엄마
아버지 시계공장 부도났을 때부터
먹이는 거며 입히는 거며
절벽에서 해결하셨다
고단이 밥보다 배부르던 시간
크는 자식들이 있어 버티셨다

세상 어미들은 자식과 목숨을 바꿔 살아
어떤 바람 앞에도 무릎을 꿇지 않는다
흔들리며 흔들리며
속이 찬 아이들을 길러낸다
　　　　　—「수세미 어미」부분

봄부터 겨울까지
한 마디라 하면
나무마다 흔들려 잎 내고
잎 떨군 시간까지
한 마디가 되지
나무도 줄기 뻗어가 닿은 자궁이 있어
허공에 슬어 놓은 한 마디
붉은 얼굴에
밤이면 달이 내려와 입 맞추고 가는 그런 마디
팔순 넘어 잎 다 떨군 우리 엄마
쑥물 같은 여든 마디
　　　　　—「마디」전문

시인은 유독 어머니에 관한 애틋한 마음과 존경의 마음을 많이 표현했다. 시 속에 드러난 유년시절의 기억에 따르면 어머니는 아버지의 부도 이후 홀로 가장의 역할을 해내며 사남매를 키워낸 강인하고 헌신적인 분이다. 그 눈물겨운 어머니는 고향집 수세미와 흡사하다. 수세미는 여름 마당의 자투리 허공에서도 "한 번 휘감으면 놓는 법 없이 자신을 베껴 주렁주렁 자식을 만들고" 악천후에도 "흔들리며 크는 아이들이 있어 버틴다고 눈이 마주칠 때마다 노란 웃음"을 보여준다. 꾸며낸 외모나 타고난 젊음으로만 자신의 가치를 증명하는 것이 아니라, 사랑과 책임감으로 한 가정을 지켜낸 노력이야말로 진정 아름다운 여성성이라는 것을 말하고 있다.

어머니는 오래 산 나무처럼 봄부터 겨울까지를 한 바퀴 돌 때마다 한 마디씩 나이를 몸에 새긴다. 이제는 "팔순 넘어 잎 다 떨군 우리 엄마 쑥물 같은 여든 마디"를 함께 늙어가는 자식은 응시한다. 어머니는 고된 세상살이에도 지치지 않고 평생 자신의 모든 것을 내어주고 베풀었다. 화자는 안타깝고 애처로운 눈길로 어머니가 살아온 세월을 기억하고 어머니의 마지막 시절을 살뜰히 살핀다. 자신 역시 나이가 들어가며 어머니가 겪었던 어려움을 절감하고 어머니가 가졌을 회한을 공감하는 것이다. "코며 입이며 엄마를 닮"은 사남매는 "혈압이며 부실한 관절까지"(「덕담」) 그대로 물려받아 고생이지만 "시골집 마당에 피던 흰꽃들이 단맛 쓴맛이 사는 맛"이라고 꽈리를 불어대는 것을 보면서 육체의 노화와 소실을 자연스러운 삶의 순리로 받아들인다. 이는 시인이 따르는 자연의 시계에서는 모든 것이 흘러가고 순환하는 것임을 보여준다.

> 주먹을 휘두르지 않는 그곳은
> 멀리서 달려오는 이마 하얀 별이 떠 있지
> 이불의 두께를 따라 옷을 입는 목숨이
> 길을 내고 집을 짓고
> 없는 죄까지 늘 씻으며 살아
> 죽음과 삶이 한통속이지
> —「꿈뜰」부분

사막의 메마름으로 표상되었던 문명 세계의 역기능들은 어머니의 자궁이자 바다에서 넘치는 물의 기호로 회복의 가능성을 보여준다. 알을 낳고, 젖을 먹고, 춤을 추는 생물들이 가득한 바다는 물을 덮고 잠드는 곳이다. "색깔은 서로의 목숨이어서 비밀 하나씩을 가지고 자신들의 이승을 만"드는 이곳은 "주먹을 휘두르지 않는" 곳이고, "이마 하얀 별이 떠" 있는 곳이며, "죄까지 늘 씻으며 살아"가는 곳이고, "범고래 한 마리 배고 싶"은 곳이다.

자식을 낳고 기르는 생명력의 기원인 어머니의 자궁은 불모의 사막을 개간할 수 있는 유일한 기적이 된다. 어머니의 풍요로움은 "종소리 들릴 듯 나무의 만종"(「벚나무 강의」)으로 온 대지에 울리며 마른 잎들을 살려낸다. 강우현은 어머니의 생애를 나무의 서사로 비유함으로써 벼랑 끝에서 분투하는 전복과 재기의 심호흡을 들려준다.

4. 칼과 도마로 연마하며 기다리는 봄

시인은 봄에 싹트는 모든 가능성에 대해 희망을 갖는다. 봄은 한 해를 여는 첫 계절이고, 동물이 겨울잠을 깨고 식물이 발아하는 재생의 시작이며, 사람의 생애 주기에서는 유년기를 은유한다. 이 태초의 자리야말로 시인이 그리워하는 시간이며 돌아가고 싶은 곳이다. 궁극적으로 시가 꿈꾸는 것은 만물이 소생하는 찬란한 봄이다.

> 봄볕 통통히 물오른 날
> 초등학교 선생님이 급훈을 건다
> 하얀 액자 속에 든 글귀마다
> 불꽃같은 가르침이 들어 있다
> 꿈은 하늘처럼, 마음은 해처럼, 생각은 별처럼*
> 비바람 불어도 활짝 피라는 말
> 저 환한 글자를 보면
> 가갸거겨 따라 하던 교실로 갈 것만 같다
> 나이 없이 가슴이 띈다
>
> *목포 미항 초등학교 1학년 1반 급훈.
> ― 「봄의 급훈」 부분

초등학교 1학년 교실에 "꿈은 하늘처럼, 마음은 해처럼, 생각은 별처럼"이라는 급훈이 걸린다. 그 말이 환하고 눈부신 이유는 "비바람" 속에서도 굳세게 피어나는 태도를 지니고 있기 때문이다. 삶에 고난이 오더라도 좌절하지 않고 해

맑은 마음을 지켜내는 긍정적 의지 때문에 화자는 이 급훈을 보면 "가갸거겨 따라 하던 교실로 갈 것만 같"고 "나이 없이 가슴이 뛰"는 것이다. "다들 던진 패대로 울고 웃고 굽이 닳도록 뛰는"(「꽃패」) 수밖에 없다.

> 저 걸음이 감춘
> 너하고 나만 아는 비밀
> 몰래 없는 사춘기는 눈 네 개로 찾아도 안 보이는
> 눈부신 한때
> 나도 몰래몰래 어른이 되었다
> ─「몰래몰래」부분

철쭉이 핀 오후 몰려나오는 중학생들 사이에서 화장을 하고 치마를 올려 입은 아이를 보고 있는 이 시는 "몰래에 목숨" 걸고 "가슴이 마구 뛰"는 저들의 시간이 화양연화라고 말한다. 어른이 된다는 것은 비밀을 간직하는 것이다. 아직 스타트라인에 서지 않은 시간은 가장 가슴 벅찬 준비운동의 시간이다. 총소리가 들리면 모든 순간이 겨루고 재야 하는 그래서 나에게마저 추월당하는 순간이 된다. 시인은 아직 세상이라는 경주에 서지 않은 "눈부신 한때"를 비밀과 설렘으로 기록해둔다.

> 가끔 칼집에 자는 푸른빛에서
> 두꺼운 침묵으로 건네는 덕담에 고개 숙여질 때가 있다
> 음식을 만드는 사람이 재료보다 먼저
> 그 숨결을 두 손으로 받드는 이유다

— 「칼에 대한 자세」 부분

도마는 저를 거쳐 간 이름을 기억한다
초록 물이 두 숟가락쯤 빠지던 시금치
끌어안고 죽은 바다가 등에서 출렁거리던 자반
냉장실에서 시간을 과식한 양지머리
경쾌한 도마의 언어로 탁, 탁, 슥슥
칼의 후기는 늘어짐이 없다
— 「도마의 일기」 부분

　칼에 대한 장인정신과 비장미가 느껴지는 시다. 칼은 시적 화자에게 자아정체성을 형성해주는 밥벌이이고, 가장 익숙한 벗이고, 오랜 연마와 모진 세월을 담고 있는 혼연일체의 사물이다. 칼이 "침묵으로 건네는 덕담"에 "음식을 만드는 사람"은 "재료보다 먼저 그 숨결을 두 손으로 받"든다. "엉겅퀴가 자란 마음을 벼리는 의식"으로 숫돌 위에 칼을 갈면 모든 재료는 그제서야 제 소리를 내기 시작한다. "등줄기에 땀을 흘리며 날과 한 몸이 되"는 요리사의 사명은 오체투지의 예를 올리듯 순간마다 몸을 엎드려 자신을 내어줌으로써 삶의 뜻을 기린다.

　칼과 한 쌍이 되는 도마에 대한 화자의 동일화와 감정이입도 일기의 형식으로 써진다. 도마가 자신을 거쳐 간 "이름을 기억"한다는 것은 흥건한 물기를 머금은 시금치와, 출렁이는 바다를 누볐을 물고기와, 냉장실에서 숙성된 돼지의 생을 기억한다는 뜻이다. 도마의 행위는 "경쾌"하고 "강약을 조절"하며 "맛의 시작"을 위해 다른 것을 "사양"하는

"고집"이 있으며 "아무나 아무거나가 아닌" "꼭"의 필연성을 지향한다.

두 시는 섭생과 살생의 양날을 가진 요리의 딜레마를 칼과 도마의 의인화로 묘사했다. 토씨 하나조차 공들여 원고지를 채워나가는 작가정신은, 생명을 음식으로 만들기 위해 정성을 다하는 요리사의 솜씨와 등치된다. 거기에는 한 치의 유희나 탐욕도 허용하지 않는 경건한 생명사상과 직업윤리가 있다. 밥의 일상성과 숭고함에 대해서 시집은 한결같이 기록한다. "밥 먹는 일은 목숨을 거는 일 쫓는 자도 쫓기는 자도 이겨야"(「호수 위의 밥상」) 하기 때문이다.

> 나를 스쳐 간 점 하나가
> 말없이 가슴을 툭 칠 때가 있다
> 그럴 때면 밥으로 눌러놓은 붉은 문장이
> 절절히 풀어지기도 한다
> ─「그리움의 무게」 부분

놀이터에 서 있는 소나무 한 그루도 시적 자아에게는 지나칠 수 없는 공감의 대상이다. "어딘가 아픈 이마"를 짚어보는 눈이 일상 곳곳에 내재해 시들어가는 나무의 시름은 곧 '나'의 것으로 전이되고 "점 하나가 말없이 가슴을 툭 칠 때"면 "밥으로 눌러놓은 붉은 문장이" 절절한 노래가 된다. 특히 밥을 짓는 일과 문장을 쓰는 일이 같은 무게와 마음가짐으로 동일시되면서 시적 자아의 기도와 극기의 방식은 부상한다.

시집은 자연의 섭리를 거스르는 문명의 테제를 반성하

는 차원에서 우리 시대의 환부를 진단하고 기꺼이 그 아픔의 근원으로 내려가 치유와 회복를 위한 활로를 모색한다. '칼과 도마'는 삶을 건 직업적 수행이자 시 쓰기의 사명으로, '봄'이라는 계절적 배경은 성장과 극복에 대한 희망의 상징으로 지향되는 것이다.

5. 최후의 보루에서 교신하며

『竹, 경전이 되기까지』에서 다루는 도시의 삶은 모래바람 가득한 사막으로 재현된다. 그곳은 오직 생산성을 위해 폭력적 구조로 설계되었을 뿐 아니라 육체마저도 기계화된 인공의 폐허다. 이때 사막화된 문명을 회복할 수 있는 구원의 기제로 어머니의 자궁 같은 자연이 소환된다. 척박한 환경 속에서도 생명을 잉태하고 번영시키는 어머니의 생은 물활론적 세계관과 식물적 상상력으로 빚어낸 절벽의 나무와 동격이다. 존재의 복귀를 위한 인내와 극복의 정신은 칼과 도마로 요리하는 일, 곧 시를 쓰는 방법론적 양상으로 나아가 마침내 봄의 계절에 다다른다. 여기에 불변과 부동의 진리는 없다. 언제나 변화와 유동으로서, 아무것도 예측하거나 기약할 수 없는 이 불가지와 불가능으로부터, 강우현의 시는 시작된다. 최후의 보루에서 자연이라는 경이로운 부호를 포착하고 해석하고 대응하는 교신의 몸짓, 바로 거기에서부터.

강우현

강우현 시인은 경기 광주에서 태어났고, 2017년 『애지』로 등단했다. 『竹, 경전이 되기까지』는 그의 첫 시집이며, '자연'은 그의 생명의 원천이자 생활의 터전이라고 할 수가 있다. 그의 시는 자연으로부터 수신되고 다시 자연으로 발신되어 돌아간다. 그에게 자연은 인공과 대비되는 개념으로서 완전하고 이상적인 이데아다. 자연은 생명, 환경, 생활, 생산, 순환, 재생 등의 의미를 섭렵하는 유기적이고 총체적인 것으로 정의된다.

이메일 : vkfkdto1018@hanmail.net

강우현 시집

竹, 경전이 되기까지

발   행   2021년 6월 15일
지 은 이   강우현
펴 낸 이   반송림
편집디자인 김지호
펴 낸 곳   도서출판 지혜 • 계간시전문지 애지
기획위원   반경환 이형권
주   소   34624 대전광역시 동구 태전로 57, 2층 도서출판 지혜 (삼성동)
전   화   042-625-1140
팩   스   042-627-1140
전자우편   ejisarang@hanmail.net
애지카페   cafe.daum.net/ejiliterature

ISBN : 979-11-5728-445-0 03810
값 9,000원